# René Has Two Last Names
# René tiene dos apellidos

By / Por René Colato Laínez

Illustrations by / Ilustraciones de Fabiola Graullera Ramírez

PIÑATA BOOKS

Piñata Books
Arte Público Press
Houston, Texas

Publication of *René Has Two Last Names* is made possible through support from the Clayton Fund and the City of Houston through the Houston Arts Alliance. We are grateful for their support.

Esta edición de *René tiene dos apellidos* ha sido subvencionada por el Fondo Clayton y la ciudad de Houston por medio del Houston Arts Alliance. Les agradecemos su apoyo.

*¡Piñata Books están llenos de sorpresas!*
*Piñata Books are full of surprises!*

Piñata Books
An Imprint of Arte Público Press
University of Houston
452 Cullen Performance Hall
Houston, Texas 77204-2004

Cover design by / Diseño de la portada por Mora Des!gn

Colato Laínez, René.
    René Has Two Last Names / by René Colato Laínez; illustrations by Fabiola Graullera Ramírez = René tiene dos apellidos / por René Colato Laínez; ilustraciones por Fabiola Graullera Ramírez.
       p.   cm.
    Summary:  In this story based on the author's childhood, a young Salvadoran immigrant is teased for having two last names until he presents his family tree project celebrating his heritage.
    ISBN: 978-1-55885-530-4 (alk. paper)
    1. Salvadoran Americans—Juvenile fiction. [1. Salvadoran Americans—Fiction. 2. Immigrants—Fiction. 3. Names, Personal—Fiction. 4. Schools—Fiction. 5. Spanish language materials—Bilingual.] I. Graullera Ramírez, Fabiola, ill. II. Title. III. Title: René tiene dos apellidos.
PZ73.C5868 2009
[E]—dc22
                                                                                            2009004864
                                                                                            CIP

♾ The paper used in this publication meets the requirements of the American National Standard for Permanence of Paper for Printed Library Materials Z39.48-1984.

9 0 1 2 3 4 5 6 7 8          0 9 8 7 6 5 4 3 2 1

To my grandparents Ángela, Amelia, Eusebio René and Julio and to all the last names in my family tree: Colato, Laínez, Portillo, Escobar, Macías, Ayala, Alvarenga, Campos, de la O, Chávez, Araniva and González.

—RCL

To Mario, Angélica and Erika for being my inspiration.

—FGR

Para mis abuelos Ángela, Amelia, Eusebio René y Julio y para todos los apellidos en mi árbol genealógico: Colato, Laínez, Portillo, Escobar, Macías, Ayala, Alvarenga, Campos, de la O, Chávez, Araniva y González.

—RCL

Para Mario, Angélica y Erika por ser mi inspiración.

—FGR

On the first day at my new school, my teacher, Miss Soria, gave me a sticker that said René Colato. The sticker was missing my second last name. Maybe Miss Soria's pen ran out of ink. I took my pencil and added it. Now it looked right: René Colato Laínez.

El primer día en la nueva escuela, mi maestra, Señorita Soria, me dio una calcomanía que decía René Colato. A la calcomanía le faltaba mi segundo apellido. Quizá a la pluma de Señorita Soria se le terminó la tinta. Tomé mi lápiz y lo agregué. Ahora estaba bien: René Colato Laínez.

In El Salvador, I wrote my name on my homework, my books and my birthday party invitations. René Colato Laínez was a happy song that made me dance to the rhythms of the *cha cha cha*. But in the United States, the song lost the *güiros*, *maracas* and drums. Why does my name have to be different here?

En El Salvador, escribía mi nombre en mis tareas, en mis libros y en mis invitaciones de cumpleaños. René Colato Laínez era una canción feliz que me hacía bailar al ritmo del cha cha chá. Pero en Estados Unidos, la canción perdió los güiros, las maracas y los timbales. ¿Por qué mi nombre tenía que ser diferente aquí?

At my desk, I wrote my name on a piece of paper. When I wrote Colato, I saw my grandparents René and Amelia singing with me. When I wrote Laínez, I saw my grandparents Ángela and Julio dancing with me.

René Colato looked incomplete. It was like a hamburger without the meat or a pizza without cheese or a hot dog without a wiener. Yuck!

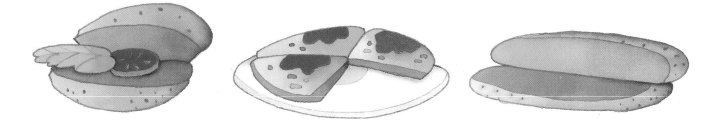

En mi escritorio, escribí mi nombre en una hoja. Cuando escribí Colato, vi a mis abuelos René y Amelia cantando conmigo. Cuando escribí Laínez, vi a mis abuelos Ángela y Julio bailando conmigo.

René Colato me parecía incompleto. Era como una hamburguesa sin carne o una pizza sin queso o un perro caliente sin salchicha. ¡Guácatela!

During recess, I played soccer with my classmates.
A boy looked at my sticker and asked, "What is your name?"
"René Colato Laínez," I told him.
"That's a long, dinosaur name!" he laughed.
"Your name is longer than an anaconda," another boy giggled.
"It's a blue whale from head to tail," said the goalie.

Durante el recreo, jugué fútbol con mis compañeros de clase.
Un niño miró mi calcomanía y me preguntó, —¿Cómo te llamas?
—René Colato Laínez —le dije.
—¡Es un nombre tan largo como un dinosaurio! —se rio.
—Tu nombre es más largo que una anaconda —dijo otro niño riendo.
—Es como una ballena azul de la cola a la cabeza —dijo el portero.

At home, while I was eating a cheese *pupusa* and drinking *horchata*, I told my parents, "In school, they call me René Colato. Not René Colato Laínez."

"That's too bad," Mamá said. "Laínez is a fine last name."

"Don't worry, son, Laínez is in your heart," Papá said.

"You're right!" I said, and I took another bite from my *pupusa*.

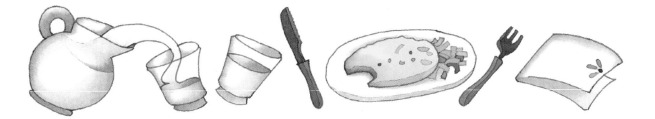

En casa, mientras comía una pupusa de queso y tomaba horchata, le dije a mis padres —En la escuela me llaman René Colato. No René Colato Laínez.

—¡Qué pena! —dijo Mamá—. Laínez es un buen apellido.

—No te preocupes, hijo, Laínez está en tu corazón —dijo Papá.

—¡Tienen razón! —dije, y le di otra mordida a mi pupusa.

That night, I dreamed that my last name Laínez had disappeared from my life. I was left alone with Papá and my relatives from my father's side.

I looked everywhere, but Mamá was not in the dining room helping me with homework. Abuela Ángela was not in the kitchen making my favorite chocolate. Abuelo Julio was not on the patio fixing my bike.

When I woke up, I said, "I cannot lose Laínez again!"

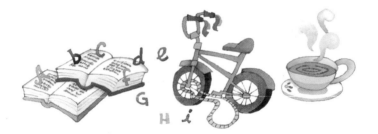

Esa noche, soñé que mi apellido Laínez había desaparecido de mi vida. Quedaba solo con Papá y mis parientes paternos.

Busqué por todas partes pero Mamá no estaba en el comedor ayudándome con la tarea. Abuela Ángela no estaba en la cocina preparando mi chocolate preferido. Abuelo Julio no estaba en el patio arreglando mi bicicleta.

Cuando desperté, dije —¡No perderé Laínez otra vez!

At school, Miss Soria said, "We are going to start a new project: a family tree! Be creative and have fun."

"I remember my family trees in El Salvador. We had a mango and an avocado tree," I said.

"René Colato, the trees I am talking about are your family and relatives," Miss Soria said.

En la escuela, Señorita Soria dijo —Hoy empezaremos un nuevo proyecto: ¡un árbol genealógico! Sean creativos y diviértanse.

—Recuerdo los árboles de mi familia en El Salvador. Teníamos un árbol de mango y uno de aguacate —dije.

—René Colato, los árboles de los que estoy hablando son tu familia y tus parientes —dijo Señorita Soria.

That evening, I opened a chest filled with family photographs. I found pictures of Abuela Ángela. Mamá told me that my grandmother used to dance in fairs and fiestas.

Papá showed me a picture of when he was young. He had long, straight hair and was holding a clay pot.

"I know what I will do for my school project!" I said.

Esa tarde, abrí un baúl lleno de fotografías de mi familia. Encontré fotos de Abuela Ángela. Mamá me contó que mi abuela bailaba en las ferias y fiestas.

Papá me mostró una fotografía de cuando él era joven. Tenía el pelo largo y lacio, y sostenía una vasija de barro.

—¡Ya sé lo que haré para mi proyecto de la escuela! —dije.

On Saturday, Papá and I made copies of the pictures. Mamá helped me find leaves for my tree. I used large pieces of paper, paints and crayons.
Soon, I had a family tree. It was as big as me!

El sábado, Papá y yo hicimos copias de las fotografías. Mamá me ayudó a buscar hojas para mi árbol. Usé grandes trozos de papel, pinturas y crayones.
Al fin tuve un árbol familiar. ¡Era tan grande como yo!

On Monday, we presented our family trees. When it was my turn, I took a deep breath and walked to the front of the class.

"I am René Colato Laínez. Colato comes from Italy and Laínez from Spain, but I was born in El Salvador."

I taped my family tree on the board for everyone to see.

El lunes, presentamos nuestros árboles genealógicos. Cuando fue mi turno, respiré profundo y fui al frente de la clase.

—Soy René Colato Laínez. Colato viene de Italia y Laínez de España, pero yo nací en El Salvador.

Pegué mi árbol genealógico en la pizarra para que todos lo pudieran ver.

"At this school, everyone calls me René Colato."
I pointed to my first last name.
"The last name Colato comes from Papá's family. Abuela Amelia is a potter. She molds clay to make delicate pots. Abuelo René is a farmer. He plants and harvests fruits and vegetables. He takes care of his plants all year long and never gives up."

—En esta escuela, todos me llaman René Colato.
Señalé mi primer apellido.
—El apellido Colato viene de la familia de Papá. Abuela Amelia es alfarera. Moldea el barro para hacer delicadas vasijas. Abuelo René es granjero. Siembra y cosecha frutas y verduras. Cuida sus plantas todos los días del año y nunca se da por vencido.

I pointed to my second last name.

"Laínez is my second last name and it comes from Mamá's family. Abuelo Julio is a poet. He recites wonderful poems and tells great stories. Abuela Ángela is a great dancer. She has won many trophies and medals."

Señalé mi segundo apellido.

—Laínez es mi segundo apellido y viene de la familia de Mamá. Abuelo Julio es poeta. Recita poemas maravillosos y cuenta historias magníficas. Abuela Ángela es una gran bailarina. Ha ganado muchos trofeos y medallas.

"And this is me," I said, pointing to my picture in the family tree. "I am René Colato Laínez. I am as hard working as Abuelo René and as creative as Abuela Amelia. I can tell wonderful stories like Abuelo Julio and enjoy music like Abuela Ángela. If you call me 'René Colato' only, the other half of my family disappears."

—Y éste soy yo —dije, señalando mi foto en el árbol genealógico—. Soy René Colato Laínez. Soy tan trabajador como Abuelo René y tan creativo como Abuela Amelia. Puedo contar historias maravillosas como Abuelo Julio y disfrutar de la música como Abuela Ángela. Si me llaman "René Colato" solamente, desaparece la otra mitad de mi familia.

After my presentation, I played Abuela Ángela's music and everyone got up to dance.

"You have a wonderful name," a boy said. "It's great to have two last names."

Miss Soria smiled and said, "From now on you will be René Colato Laínez."

"Hooray!" I said as I danced with my new friends.

Después de mi presentación, puse música de Abuela Ángela y todos se pararon a bailar.

—Tienes un nombre maravilloso —dijo un niño—. Es fabuloso tener dos apellidos.

Señorita Soria sonrió y dijo —De ahora en adelante serás René Colato Laínez.

—¡Viva! —dije mientras bailaba con mis nuevos amigos.

**René Colato Laínez** came to the United States from El Salvador as a teen, and he writes about his experiences in children's books such as *Waiting for Papá / Esperando a Papá* (Piñata Books, 2004) and *I Am René, the Boy / Soy René, el niño* (Piñata Books, 2005), which received Special Recognition in the 2006 Paterson Prize for Books for Young People and the International Latino Book Award for best bilingual book. His book, *Playing Lotería / El juego de la lotería* (Luna Rising, 2005), was a finalist in the 2007-2008 Tejas Star Book Award, was named to *Críticas* magazine's "Best Children's Books" of 2005 and received the 2008 New Mexico Book Award for Best Children's Book. René is a graduate of the Vermont College MFA program in Writing for Children and Young Adults and a bilingual elementary teacher at Fernangeles Elementary School in the Los Angeles Unified School District. For more information on the author, visit www.renecolatolainez.com

**René Colato Laínez** emigró a los Estados Unidos de El Salvador en la adolescencia, y escribe sobre su experiencia en libros infantiles como *Waiting for Papá / Esperando a Papá* (Piñata Books, 2004) y *I Am René, the Boy / Soy René, el niño* (Piñata Books, 2005), que recibió un reconocimiento especial para libros infantiles del Paterson Prize en el 2006 y el premio International Latino Book por mejor libro bilingüe. Su libro, *Playing Lotería / El juego de la lotería* (Luna Rising, 2005), fue finalista para el premio Tejas Star Book, 2007-2008; fue citado en la lista "Mejores libros infantiles" del 2005 de la revista *Críticas* y en el 2008 recibió el New Mexico Book Award para mejor libro infantil. René se graduó de Vermont College con un MFA en escritura infantil y juvenil y es maestro bilingüe en la escuela primaria Fernangeles en el Distrito Unificado de Los Ángeles. Para más información sobre el autor, visita www.renecolatolainez.com

**Fabiola Graullera Ramírez** was born in Mexico City and she graduated from UNAM's National School of Fine Arts with a degree in Graphic Communication. Her work has been part of collective exhibits in Mexico and Spain. She has illustrated sixteen picture books, and has worked on projects for Richmond, Progreso, Alfaguara, Compuvision, Laredo Publishing, Renaissance House and for magazines such as, *Istmo, Selecciones* and *Mamá*. Fabiola has an aquarium with several tropical fishes and a cat named Dalila who enjoys watching the fish all day.

**Fabiola Graullera Ramírez** nació en la ciudad de México y se recibió de la Escuela Nacional de Artes Plásticas de la UNAM con una licenciatura en Comunicación Gráfica. Ha realizado exposiciones colectivas en México y España. Ha ilustrado dieciséis libros infantiles, y ha realizado proyectos para Richmond, Progreso, Alfaguara, Compuvision, Laredo Publishing, Renaissance House y para las revistas *Istmo, Selecciones* y *Mamá*. Fabiola tiene un acuario con varios peces tropicales y una gatita llamada Dalila que gusta de observar los peces todo el día.